未许多愁

刘洪鹏 著

陕西新华出版

太白文艺出版社·西安

图书在版编目（CIP）数据

未许多愁 / 刘洪鹏著. -- 西安 ： 太白文艺出版社，
2019.10（2025.3重印）
ISBN 978-7-5513-1719-1

Ⅰ．①未… Ⅱ．①刘… Ⅲ．①诗词－作品集－中国－
当代 Ⅳ．①I227

中国版本图书馆CIP数据核字(2019)第220485号

未许多愁
WEI XU DUO CHOU

作　　者	刘洪鹏
责任编辑	王明媚
封面题字	北　海
封面设计	李渊博
版式设计	李渊博　侯梅梅
出版发行	太白文艺出版社
经　　销	新华书店
印　　刷	三河市双升印务有限公司
开　　本	880mm×1230mm　1/32
字　　数	90千字
印　　张	4.75
版　　次	2019年10月第1版
印　　次	2025年3月第3次印刷
书　　号	ISBN 978-7-5513-1719-1
定　　价	38.00元

自 序

"少年不识愁滋味，爱上层楼。爱上层楼。为赋新词强说愁。　而今识尽愁滋味，欲说还休。欲说还休。却道天凉好个秋。"

辛稼轩一首《丑奴儿·书博山道中壁》从"愁"说起，概括了他波澜壮阔的人生。从少年意气风发，不识愁滋味，到阅尽人世坎坷，绚烂至极终归平淡，把所有的爱恨情仇都积淀在胸中。斯人已逝，我固然难比稼轩的豪迈，但对于"愁"的认识和理解，却要引他为知已的，这也正是《未许多愁》集的缘起。

最初喜欢文学写作时，我正在上初中，才十三四岁，记得当时写过一首咏莲的小诗："田田清池叶，翠色润欲滴。俯首催白浪，探出红玉衣。"虽平仄不通，却因写得比较清新自然，得到语文老师李学凯先生首肯，这给了我莫大的鼓励。从此文学的种子在我幼小心灵中扎下了根。

我考入烟台粮食学校后，学校成立"春蕾文学社"。第一任社长是于进强，在他的引领下，我加入了文学社，并且负责编辑出版校刊《春蕾报》。那时正值20世纪80年代末，流行朦胧诗。我不仅喜欢朦胧诗，北岛、顾城、舒婷的诗读了不少，也尝试着写了很多，都是朦胧诗，可惜一无所成。

毕业后，我被分配到县城一家工厂上班，因从事专业与文学写作没有任何关系，所以文学写作就被暂时放到了一边。21世纪初，工厂倒闭，我下岗失业，因生计所迫，四处打工漂泊，其间除保持读书的兴趣外，已很少动笔。

2008年，生活出现转机，我又有了正式工作，这时感觉应该重拾爱好，让后半生尽量过得充实一些。从那时起，我写了大量散文、小说、诗词之类，也曾在报纸杂志发表过一些，并且重新拿起毛笔研习书法、绘画。我决心诗、文、书、画兼修，争取在有生之年能够达到一定高度。随着时间流逝，我越来越感到中华传统文化的脉息变得越来越弱了。特别是今天，周围的人都以发展经济为要务，以金钱地位论成败，真正沉下心来搞文学的少之又少，能够达到一定高度的更是凤毛麟角。我有种置身荒漠的感觉，内心痛苦极了。

因业余时间有限，我写作诗词文章只能时作时辍，也来不及精雕细琢，所幸逐渐积少成多，有了一定规模。收在这部集子中的诗词写作时间跨度非常大，从20世纪80年代末一直到现在，大约记录了我近三十年的心路历程，其中甘苦，唯吾自知。所写的文字，完全是兴之所至。其中古典诗词绝大部分写于2013至2015年；新体诗则主要是20世纪90年代初期学生时代所作，只有末三首写于毕业之后。本集主要依文体编排，因各个时期我心情变化很大，所以从内容和感情方面根本谈不上连贯性——这也许会给阅读者造成诸多不便，还请谅解。当然，所收诗词谈不上什么技巧和辞藻，如果您想从中搜罗些华辞丽句、哲言警语以供参考，恐怕只能失望。假如说点心得，个人以为，文学创作首先要抒发真性情，技巧和辞藻虽不容忽视，但都属于第二位；此外，精神修养所达到的境界至关重要，在境界层面，一步一重天，没有高境界，就没有个人独到的见解，也就谈不上有好的诗词文章了。历史上所有能够站住脚的文人骚客，境界无不达到了很高的层次——这似乎也是许多文学写作理论书籍中本应该说，但没有说清楚的问题。

从学生时代直到今天，我心中的文学梦一天天成长着，伴随自己走过前半生。这次有机会将部分作品集录起来，不能不说是件非常幸运的事。这是我的第一部作品集。正如小诗中所说："积蓄全部力量/迸出一棵嫩芽儿/把所有恨/所有爱/所有悲伤和无奈/结一朵洁白的花。"它带着少年的懵懂，青年的梦呓，中年的惆怅，汇聚起了心灵的舴艋舟载不动的许多"愁"。然而，我并非辛稼轩，更非李易安，我只是我。时代也不同了，古人所经历的惨痛历史已烟云散尽，而我们的前途则一片光明。因此，我将这本作品集命名为"未许多愁"，希望它能带给人世一份美好的憧憬和一缕隽雅的芬芳。

刘洪鹏

2018年12月2日夜

● 目　录

第一辑　古典诗词

五言诗

七言诗

词

第二辑 新体诗

外一篇

古典诗词

第一辑

五言诗

咏莲

田田清池叶，翠色润欲滴。
俯首催白浪，探出红玉衣。

写竹石菊花

作画必读万卷书，行万里路，胸有成竹，笔精墨妙，然后方能得万物之真情，传自然之神妙。信矣哉！

临幛思君子，开图见美人。
兴来拈笔墨，造化独遗神。

灯下偶题

最喜淋漓墨，难为着色花。
写来君莫笑，未若素颜嘉。

读画有感

"诗如其人，书如其人，画如其人。"读画如观书，如赏诗，如品人。笔精墨妙，意境悠长，清新隽永，引人遐思者方是好画，此学者自知之。

笔墨咸飞动，携来造化功。
更兼真善美，倾入画图中。

咏榴花

寂寂三春后，枝头著此芳。
牡丹空富贵，无实枉遗香。

晨起雨中所见

雨骤惊栖鸟，飞鸣越湿林。
花枝因水重，俯偃若虚心。

感怀二首

（一）

中华多患难，浴火始重新。

要变长青树，先除六最人^①。

（二）

将士抛生死，官员不爱财。

国人齐努力，民族复兴来。

注

①六最人：那些"面对名利，贴得最近；面对是非，躲得最远；面对权贵，连得最亲；面对患难，跑得最快；面对同胞，斗得最狠；面对敌人，变得最软"的人。

人生漫记

字字如明镜，书成照我心。

缄来何所寄，鸿雁入云深。

禅悦二首

前日晤行一居士，与之畅谈良久，深受启发，归来似有所悟。

（一）

微尘生宇宙，其至亦恒难。

一夕能参透，胸怀顿觉宽。

（二）

身被阴阳困，心遭空色缠。

身心俱忘后，明灭不由天。

闲居

松菊相看罢，园中暮色微。

一轮冰魄出，万里共清辉。

秋日新荷

一夕寒风劲，池荷著露黄。

既盟凌水约，焉得畏秋霜？

秋日

昨夜闻蛩碎，平明不绝窗。

乌云栖暖树，白雨入寒江。

习艺偶得二首

（一）

笔软怪奇生，全凭合力①行。

蓬山何路达，功到自然成。

（二）

笔墨能繁简，湿干杂淡浓。②

彩云追日月，诗画本来同。

注 ————————

①合力：多重含义。既指人的指、腕、臂之力，亦指提按、推拉、扭转之力，亦指万毫齐力。

②笔能精提按顿挫，墨能熟浓淡干湿，位置能明起承转合，则画之能事毕矣。诗词、书法等艺术无不如之。会心人自解，定谓吾言不虚也。

霜降夜读

苦读寒窗下，秋浓霜渐滋。
眼花不暇顾，欲补已无知。

冬日书所悟

惊潮知水盛，迷路觉山深。
诸幻皆参透，莹然见本心。

渔村雪景

旧有此景，因诗之。

雪沃海滨乡，渔村换素妆。
抛舟归客醉，足迹不成行。

题《岭上白云图》

作《岭上白云图》并题。

君子居何地？白云岭上多。
相邀无俗侣，猿鸟诵清歌。

山水清音

皎皎空中月，峣峣世外岑。
往来无俗侣，山水有清音。

石涛画赞

笔注苍茫气，冥玄墨色新。[①]
奇峰搜括尽，腕底自能神。

注

①石涛论画有"一画"之说，下笔即有浩瀚苍茫之气，与山川肺腑相观照；其论用墨则云："墨团团里黑团团，墨黑丛中天地宽。"善用积、破、泼墨之法，墨法冥玄，前无古人，又有"搜尽奇峰打草稿"之论，与天地精神相往还。其画之妙处皆在笔墨构图细微处，看似漫不经心、随手拈来，实则用心至极，若从大处整处取石涛而反失石涛也。

无题二首

（一）

老子出关日，庄生梦蝶时。

生前不作语，死后有谁知？

（二）

仁义礼智信，君乾民是坤。

江山传万载，盗跖或称尊。

春日绝句三首

（一）

枝上来新绿，无如草色青。

芽香蝴蝶醉，绕树舞娉婷。

（二）

风暖榆钱大，阳骄柳叶肥。

笛声随绿水，趁月牧童归。

（三）

浮生春梦里，世事老频催。
冉冉风尘去，缤纷能几回？

拟《寻隐者不遇》

皎皎松间月，依依谷口风。
斯人寻不见，愁色满山中。

甲午夏末感怀

四季风云住，三江日夜流。
明朝鸿雁过，不敢独登楼。

戏作赠诗友

坐觉秋云起，相邀醉晚风。
夕阳余片血，分与雁来红。

爱梅小记

绮窗明月下，孤雀两三声。
欲待梅花放，吞寒到五更。

梅花十章

（一）盼梅
漫天飞白雪，欲绽一枝梅。
常恐霜华重，殷勤探几回。

（二）寻梅
晨起披霜月，痴情为见梅。
丹花燃欲醉，长伴不须回。

（三）望梅
严冬无绝色，还望陇头梅。
羡煞南来雁，曾经十万回。

（四）问梅
历尽尘中劫，精魂化作梅。

花开妍似血，敢问待谁回？

（五）簪梅

娉婷来一女，两鬓插红梅。
风里勤呵护，教郎心意回。

（六）画梅

闲来挥笔墨，点染数枝梅。
纸上留清气，元章许再回。

（七）梦梅

梦中游四季，独不见夭梅。
夜半笛声里，胶珠如雨回。

（八）惜梅

雪隐残冬尽，空枝无片梅。
谁知风雨里，几树得神回。

（九）别梅

冬日无惭事，伤心是别梅。
数缄情语寄，路邈未能回。

（十）悼梅

逢盛偏知寂，春来始向梅。

孔门何所拟，众谓似颜回。

腊月五日初雪

今年鲁北气温偏高，一冬无雪，本以为要留下遗憾了，谁料今日天公竟然飘起雪来，大喜过望，因有是作。

一息三冬怨，长空舞乱琼。

江山何本色，万里总澄清。

拟柴丈一帧并题

雨洗风烟净，青筠入夏浓。

深山藏古寺，天晚数声钟。

老屋

昨日回老家，看到自己儿时居住过的房屋已经朽坏坍塌，断壁残垣之中别无他物，唯有野草。想儿时在此承欢祖父祖母膝下，何等怡洽。祖父母已仙逝多年，父母同我举家迁往县城居住，故乡已非往昔。睹物思人，不胜悲也。

梦里频亲近，相思惹泪痕。

归看倾圮者，不是自家门！

无题二首

（一）

王道英雄立，干戈岂有情？

江山争做主，是以未休兵。

（二）

盘古开天地，人同草昧情。

若知齐物我，从此不言兵。

庄子一解

    晨起读《庄子·养生主》："吾生也有涯，而知也无涯。以有涯随无涯，殆已！"乃悟求知应撮其要妙，取其精华，得其大道，勿为琐细所累。盖人之精力有限，不宜分散使用。"指穷于为薪，火传也，不知其尽也。"乃悟指者，个体也；火者，精神也。欲传个体之精神，须个体具备为"指"之条件，若其质不能为"指"而妄欲传火者，同镜花水月之幻也。

生而乖大道，有限即无涯。

不作燃薪指，犹同镜里花。

学禅悟语

一园葵向日，万泾水流东。
岂有修罗报，因缘在法中。

静夜思

花落驱黄叶，风来缚碧涛。
夜深谁得见，一片月轮高。

写真

学书堪到癖，爱画半成痴。
斟酌一联句，不知岁序移。

八月十五日感怀

七十年前战，人间炼狱形。
何筹能拒辱，强国自馨宁。

天下有马

雨洗尘霾净，繁花雪后开。
害群之马去，良骥自奔来。

谷中所见

风幽鉴水流，出竹唯鸣雀。
野径绝人踪，山花开复落。

荷塘暮色

濯足日将西，疏林观雨罢。
穿荷翠鸟飞，不与人通话。

赏石田翁《枇杷图》①

沈周（1427—1509），字启南，号石田，晚号白石翁，长洲（今江苏苏州）人。明代杰出书画家。不应科举，专事诗文、书画，与文徵明、唐寅、仇英并称"明四家"。

吴越金丸秀，团圞共一枝。

画才天下满，览此谢称师。

注
————————————

①《枇杷图》：绢本圆扇。近代以来画枇杷者众，然未有逾此者。

兄弟相聚

世事烟云过，相逢老更艰。

良宵须对饮，明日隔重山。

月下对菊

雨霁寒初夜，云轻月始明。

空怀心寂寂，满目玉莹莹。

傲雪姿犹艳，凌霜韵独生。

隔帘诗影瘦，双照魄魂惊。

病松吟

癸巳三月三日，予过小园，见奇松数株植于膏土之中，枝干虬曲，园丁惧其倒伏，皆以绳索束缚之，以木架维护之，于是松病矣，无复独立万仞、临流长啸、自由婆娑之态。因思前贤有病梅之喻，其此之谓乎？赋此记之。

嶕嶕五丈松，三涉小园冬。

羞被荆榛缚，讹为夫子封。

幽栖邻绝壑，独立伴长峰。

何日能归去，家山隔几重？

孤雁行

伙伴皆飞去，天涯不可寻。

因羁新患病，非恋旧栖林。

梦举垂天翼，思回入海心。

羞听梁上雀，聒噪好尘音。

自警

人各衔使命而来，虽取舍万殊，境遇不同，然皆应诚心向善，珍惜时间，刻苦自修，勿负天之厚覆，地之厚载，写此以自警。

人皆衔使命，来去各随缘。

正性和诚敬，伤心痴怨颠。

有生能得所，诸事勿求全。

俯仰斯无愧，抽身返自然。

扇子怨

童谣："扇子有风，拿在手中；有人来借，不行不行。"如今，夏去秋来，有谁还会关心那曾经爱不释手的扇子呢？

本质无污洁，炎凉度去存。

轻抛尘土地，沦落故人门。

当日欣多谴，今朝嫌寡恩。

不知珍一物，焉得定乾坤？

雪夜独坐

独坐难成寐，非因酒力轻。

当轩新月照，隔水晚钟鸣。

风泊门前柳，人归雪后城。

长思繁华日，梦里觉春生。

春日

半弯杨柳月，一脉杏花风。

细雨来家燕，微云去野鸿。

渚清摇苇草，江碧钓渔翁。

应惜眼前景，年年哪得同。

咏柳

古有折柳之习，今不存焉；若今尚存，国人甚众，而分别更多，则柳将灭种矣。借其事而咏之。

一段缠绵绿，轮回窈窕枝。

飘摇悲剪燕，零落恨腾曦。

饯客心酸地，催行肠断时。

若谙攀折苦，应悔寄相思。

暮春有作

两日潇潇雨，今朝天放明。

澜微春水秀，雾薄晓寒轻。

碧树间黄鸟，重山隔远城。

既知泉石乐，何必羡渔争。

仲夏夜

夺魂销魄处，尽在一河星。

月入江湖白，风含草木青。

蝉栖凝坠露，鱼弋散浮萍。

为问牵牛者①，仙槎②几日经？

注
_____

①牵牛者：牵牛星。
②仙槎：八月浮槎。

咏菊

凄雨晚生凉，无人韵自芳。

月明凝素魄，风疾散幽香。

玉蕊娇残雪，琼枝傲剧霜。

相思倾绿蚁，醉复梦霓裳。

寒雨

　　黄昏时分，寒雨初至，黑云压城，黄霖匝地，落叶满阶，触目萧然，感极而悲者矣。

未觉春何盛，秋风遍海隅。

流寒凝霰雪，落叶满街衢。

云黑坚成砥，霖黄①散若珠。

晓看楼外树，难掩路崎岖。

注

　　①霖黄：黄霖的倒语，因雨中含有尘沙，颜色泛黄，故名。

记梦

南山松竹老，花事久沉吟。

月出登仙境，时闻诵梵音。

彩云连广宇，嘉木蔽高岑。

欲借青君步，还沾素女襟。

神州春盛日，碧海最伤心。

饮酒

水暖催冰破，春来别旧年。

纤纤云出月，寂寂柳惊烟。

花气弥琼室，笙歌醉绮筵。

尚能强宿酒，隔岸问渔船。

怀古诗四十二首

（一）姜尚

姜尚，字子牙，吕氏，一名望。商周之际杰出的政治家、军事家。

纣王如有道，尚父定无为。

甘受屠夫累，难移赘婿疵。

三分谋正统，八秩钓藩陲。

莫谓兵多寡，兴衰安可知。

（二）周公

周公，姓姬，名旦，亦称"叔旦"。西周初年杰出的政治家和军事家。

殷祸源于酒，讧残入寇戎。

弃民焉勇武，失道岂神通。

国治心存正，功成力执中。

尊贤三吐哺，万世仰周公。

（三）孔子

孔子（前551—前479），名丘，字仲尼，鲁国人。春秋末期思想家、政治家、教育家，儒家的创始者。

丈夫何所为？行道亦修身。

力矫君王弊，坚承尧舜仁。

有教今更化，无作古翻新。

果遇清平世，甘心与俗亲。

（四）庄子

庄子（约前369—前286），名周，宋国蒙人。战国时期哲学家，道家学说的代表人之一。

庄叟何能尔，瘫然立万秋。

但欣蝴蝶梦，不屑稻粱谋。

云动知山静，莲开觉水流。

苟心无物累，天地任遨游。

（五）屈原

屈原（约前340—前278），名平，字原，战国时期楚国人。中国文学史上最早的浪漫主义爱国诗人。

君臣如蚁蚋，楚室已凋微。

邪曲迷真假，忠贞蹈是非。

千秋怜狷介，万姓仰光辉。

又见乘槎去，谁人可与归？

（六）商鞅

商鞅（约前390—前338），战国时期卫国人。著名政治家、改革家、思想家。

悖矣公叔痤，秦监始荐才。

民尊权贵退，军宠霸王来。

法酷原无利，德隆焉有灾。

仓皇逃魏去，车裂使人哀。

（七）项羽

项羽（前232—前202），名籍，字羽，秦末农民起义军领袖，秦亡后称西楚霸王。在历时四年的楚汉战争中，为刘邦击败，于乌江边自刎而死。

男儿轻取代，壮士重功名。

驰骋乌骓马，纵横楚地兵。

杀降关得失，封汉定输赢。

又爽三章约，伤民犹弃生。

（八）韩信

韩信（？—前196），淮阴（今江苏淮安市淮阴区西南）人。西汉开国功臣，中国历史上杰出的军事家。

国士原贫贱，漂游不治生。

从军专大略，兴汉统雄兵。

已拒三分策，难安百世荣。

功成身若死，千古享令名。

（九）张良

张良（？—前189或前190），字子房，相传为城父（今河南襄城西南）人。西汉初谋士、大臣。

少年多血性，搏浪一椎中。

圯上传兵法，祠时拜石翁。

运筹开伟业，画策建丰功。

晚好神仙事，谁言帷幄空？

（十）李斯

李斯（？—前208），楚上蔡（今河南上蔡西南）人。秦代著名的政治家、文学家和书法家。

少辨厕仓鼠，^① 机心已自通。

助秦谋两代，拜相踞三公。

立亥^②贪权始，掊高^③衔恨终。

奈何家国运，俯仰竟成空。

注
_____

①见《史记·李斯列传》。

②立亥：拥立昏聩无能而又残暴不仁的秦二世胡亥做皇帝。

③掊高：上书掊击奸诈阴险、犯上作乱的赵高。

（十一）陈胜

陈胜（？—前208），字涉，阳城（今河南登封东南）人。秦朝末年农民起义的领袖之一。

王侯宁有种？^① 大泽奋残躯。

赤膊临刀矢，洪流卷夏区。

久埋鸿鹄怨，^② 甘冒劫灰诛。

可惜沉沉者^③，不能赴远途。

注
_____

①②"王侯将相宁有种乎！""燕雀安知鸿鹄之志哉？"都是陈胜的名言。

③沉沉者：出自"伙颐！涉之为王沉沉者"。

（十二）贾谊

贾谊（前200—前168），洛阳（今河南洛阳东）人。西汉著名思想家、文学家。

木秀风霜坼^①，才高谤毁摧。

空怀安国策，难遇报春雷。

咨鬼②情先冷，傅梁心更灰。

沅湘无尽水，孰忆摽③江梅？

注

①坼：裂开。
②咨鬼：不问苍生问鬼神。
③摽：坠落，《诗经》有《摽有梅》。末句喻高洁的人格。

（十三）司马迁

司马迁（前145或前135— ？），字子长，夏阳（今陕西韩城南）人。西汉史学家、文学家、思想家。

华夏留明镜，天生太史公。

宏文诛魑魅，妙笔赞英雄。

正道经今古，箴言纬始终。

吾人歌绝唱，万世此心同。

（十四）张衡

张衡（78—139），字平子，河南南阳西鄂（今南阳石桥镇）人。东汉时期伟大的科学家和文学家。

天纵固英才，灵苗汉室栽。

成名缘令史①，立业坐兰台②。

机巧逾贤圣，文章亚孟回③。

泱泱新华夏，麟凤几时来？

注
_____

①令史：太史令。

②兰台：御史台。张衡虽不是谏官，但他直言进谏，刚正不阿，名垂青史。

③孟回：孟轲和颜回。

（十五）曹植

曹植（192—232），字子建，沛国谯县（今安徽亳州）人。三国魏著名文学家，建安文学代表人物。

笔落惊华夏，一时风气开。

怨萁悲煮豆，临邺赋登台。

何益三分国，空余八斗才。

英灵仙去后，天地久徘徊。

（十六）嵇康

嵇康（223—262，一说224—263），字叔夜，谯郡铚（今安徽濉溪西南）人。三国魏文学家、思想家、音乐家，"竹林七贤"之一。

凛然从大义，天地复如何？

瀚出英雄气，凝成血泪歌。

精神流海曲，魂魄立嵩阿。

多少人间事，唯情费琢磨。

（十七）诸葛亮

诸葛亮（181—234），字孔明，琅琊阳都（今山东沂南南）人，被称为"卧龙"。三国时期蜀汉丞相，杰出的政治家、军事家。

蜀汉根基弱，卧龙胆气豪。

一生皆骏业，三顾岂徒劳。

北伐祁山小，南游赤壁高。

撷来梁甫句，诵罢泪滔滔。

（十八）陶渊明

陶渊明（365或372或376 — 427），字元亮，号五柳先生，东晋浔阳柴桑（今江西九江市西南）人。中国历史上杰出的诗人、辞赋家、散文家。

君子居何地，阶前柳映苔。

山高茅舍小，篱破菊花开。

悟道轻名利，澄心重去来。

谁随陶令后，直立远尘埃。

（十九）李白

李白（701—762），字太白，号青莲居士。中国伟大的浪漫主义诗人。

励志宁寰宇，诗仙出蜀州。

名高天子放，才溢海波留。

醉月迷清酒，怜山思壮游。

如今歌盛世，若个与君俦？

（二十）杜甫

杜甫（712—770），字子美，祖籍襄阳（今湖北襄樊市襄阳区），后迁河南巩县（今巩义市），自号少陵野老，世称杜少陵、杜工部等。中国伟大的现实主义诗人。

长恨知音稀，先生偏异时。

残躯撑剩骨，颓笔荐余悲。

片语皆为谇，多情半是痴。

年来烦苦病，不忍读君诗。

（二十一）西施

西施，名夷光，春秋末期越国苎萝（今浙江诸暨南）人。中国古代四大美人之一，又称"西子"。

苎萝山下女，西子最卑微。

尘土常遮面，清溪累浣衣。

欲求怜者顾，饱受俗邻讥。

一入吴宫去，越中颜色稀。

（二十二）王昭君

王昭君，名嫱，字昭君，中国古代四大美女之一。昭君出塞的故事千古流传。

汉室当强敌，单于大起兵。

和亲弭战火，媾约抵坚城。

众嬖咸争宠，伊人独请缨。

画工心若正，青史不留名。①

注

　　①尾联借《西京杂记》中的故事，说明虽然人人都祈盼一生平安，没有坎坷与挫折，然而壮丽多姿的人生，却往往赖坎坷与挫折成就。

（二十三）杨贵妃

　　杨贵妃（719—756），小字玉环，号太真，姿容绝代。天宝四载（745）进册为贵妃，姊妹皆显贵，堂兄杨国忠操纵朝政，败坏政事。天宝十四载（755），安禄山叛乱，玄宗出逃四川，行至马嵬驿（今陕西兴平西），士兵不行，玄宗被迫赐杨贵妃自缢。

大木多摧折，人生难保全。

从无坚富贵，奚有活神仙？

运在迷金醉，霉来傍土眠。

不闻妃子笑，千载荔枝圆。

（二十四）王维

　　王维（701？—761），字摩诘，先世为太原祁（今山西祁县）人。盛唐山水田园派诗人、画家，人称"诗佛"。

墨客尊羲献，诗家重右丞。

平生耽绝艺，至死尚言僧。

谁味缣中画，全倾壶内冰。

其人何所似？苦海一明灯。

（二十五）白居易

白居易（772—846），字乐天，晚号香山居士，其先太原（今山西太原西南）人，后迁居下邽（今陕西渭南北）。唐代诗人，与李白、杜甫齐名。

长安居岂易？幸有草诗传。

落魄青衫泪，遭逢秋浦弦。

多情盟一夕，长恨咏千年。

白傅诚不朽，神凝锦绣篇。

（二十六）李煜

李煜（937—978），字重光，初名从嘉，号钟隐、莲峰居士，五代时期南唐国主。其亡国后词作题材广阔，含意深沉，在晚唐五代词中别树一帜，对后世词坛影响深远。

空有重瞳目，原无济世才。

托身宫妇手，蹑足汴京台。

江干紫宸息，词坛清气开。

火中莲吐艳，亡国岂胜哀？

（二十七）王安石

王安石（1021—1086），字介甫，号半山，抚州临川（今江西抚州）人。北宋杰出的政治家、文学家、思想家、改革家。

故国萧条久，官风日转奢。

为除君子瘼，哪顾小人嗟。

上下千余载，纵横一大家。

世言无此品，不愧称奇葩。

（二十八）苏轼

苏轼（1037—1101），字子瞻，号东坡居士，眉州眉山（今属四川）人。中国历史上杰出的文学家、书画家。

党争增国痼，宋世小春秋。

已患鱼多刺，不谋言寡尤。

文章凌百代，功业许三州。

漂泊栖难定，盛名凭此留。

（二十九）文同

文同（1018—1079），字与可，自号笑笑先生，人称石室先生，梓州永泰（今四川盐亭东）人。北宋著名画家、诗人。

楮端无片字，所作系何人？

一截琅玕影，千秋佛祖身。

胸怀能格物，笔墨信传神。

滨渭闲居后，皆言竹夺真。

（三十）米芾

米芾（1052—1108），字元章，号襄阳漫士、海岳外史等。北宋著名书法家、画家。

墨海擎天柱，人间拜石痴。

云山得所秀，书画果然奇。

孰结尘中侣，难偕汶上师。

苕溪兼蜀素，梦里最相知。

（三十一）黄庭坚

黄庭坚（1045—1105），字鲁直，号山谷道人，晚号涪翁，洪州分宁（今江西修水）人。北宋著名文学家、书法家。

有宋谁堪忆？分宁鲁直翁。

文章标学士，翰墨足英雄。

开辟江西祖，传承孝德公。

心逾冰雪洁，不梏利名中。

（三十二）郭熙

郭熙，字淳夫，河阳温县（今属河南）人。北宋画家、绘画理论家。

存世作品有《早春图》《窠石平远图》《幽谷图》等。子郭思增以己作，纂集为《林泉高致》。

极目山川远，白头称匠门。

胸中多悦适，笔底绝温吞。

师古英贤赞，革新皇帝尊。

张图聆梵理，勿以画工论。

（三十三）李清照

李清照（1084—约1151），号易安居士，齐州章丘（今山东章丘西北）人。南宋女词人，婉约词派代表。

故国多风雨，偏安怎得安？

奔波求石鼓，颠沛避鲸澜。

空有黄花颂，聊无靖节欢。

凄凉寻觅苦，漱玉透心寒。

（三十四）岳飞

岳飞（1103—1142），字鹏举，相州汤阴（今属河南）人。中国历史上著名的军事家、战略家。

靖康罹难际，名将叱风云。

呕尽精忠血，攒成常胜军。

孤身撑半壁，百战著奇勋。

未捷蒙冤死，人间不忍闻。

（三十五）文天祥

文天祥（1236—1283），字履善，一字宋瑞，号文山，吉州庐陵（今江西吉安）人。南宋大臣、文学家。

天子逃胡去，谁言宋瑞祥？

丹心凝正气，热血化文章。

安乐身先死，离忧国必亡。

吾人铭此语，华夏永康强。

（三十六）赵孟頫

赵孟頫（1254—1322），字子昂，号松雪道人，湖州（今属浙江）人。元代著名诗人、画家，"楷书四大家"之一，绘画成就极高，开创元代新画风，被称为"元人冠冕"。

故国如烟散，飘萍失所根。

踌躇新琅嬛，落拓旧王孙。

大业书中显，盛名海内存。

痴心坚不改，踏雪自留痕。

（三十七）倪瓒

倪瓒（1306或1301—1374），字元镇，号云林子，无锡（今属江苏）人。元代画家、诗人。

寂寥迂道士，长住太湖边。

兴发清思后，图成妙笔前。

奇云生险岫，绝响入孤弦。

天意怜高洁，芬芳万载传。

（三十八）李自成

李自成（1606—1645），本名鸿基，陕西米脂双泉里人。明末农民起义领袖。

皇明难统御，逐鹿止何时？

一战长城阙，旋罹山庙奇。

折残奴隶手，卷起闯王旗。

未捷军先腐，焉能破狄夷？

（三十九）龚贤

龚贤（1618—1689），字半千，号柴丈人，昆山（今属江苏）人。著名画家，兼善诗文。清初"金陵八家"之首。

钟山风雨歇，奇士有龚贤。

诗夺唐人雅，书精米氏传。

丹青生黑色，怀抱濯苍烟。

孰思清凉月，长教魂梦牵。

（四十）曹雪芹

曹雪芹（约1715—约1763），名霑，字梦阮，号雪芹，又号芹圃、芹溪。清代小说家，长篇名著《红楼梦》作者。

中华多绮绣，世事只纷纭。

一个萧条客，千秋血泪文。

山中迁日月，石上著悲欣。

举目无谈者，年来频梦君。

（四十一）齐白石

齐白石（1864—1957），原名纯芝，后改名璜，字濒生，号白石，湖南湘潭人。中国书画家、篆刻家，世界文化名人。

三湘灵杰地，白石最长生。

始作雕花匠，终为写意擎。

书成彝鼎泣，笔落草虫惊。

才大犹勤奋，自然享盛名。

（四十二）黄宾虹

黄宾虹（1865—1955），名质，字朴存，中年更号宾虹，别署予向、虹叟，祖籍安徽歙县，生于浙江金华。擅画山水，为山水画一代宗师。

上下越千年，堪同董范般。

诗文通画理，笔墨透玄关。

志大天增寿，才奇夜出山。

谁知翁去后，此道入难还。

咏水仙

隆冬谁寄意，仙子独凌寒。

淡泊清秋菊，温馨幽谷兰。

朝天风满袖，^① 使璧发冲冠。^②

高士人皆仰，何须怨影单？

注

①代指明代的于谦。
②代指战国时期的蔺相如。

怀屈原

怜才唯楚地，屈子冠江东。

能出联齐策，偏输谄媚功。

感恩金阙下，投抱汨罗中。

艾草千年绿，伤心举世同。

乙未中秋有寄

小女读书未归，夜坐有寄。

三五清秋夜，古来团聚辰。

可怜天上满，未向世间匀。

分饼思娇女，窥帷念远人。

蛩声岑寂后，独与月光亲。

七言诗

观《春到南天门》画卷

苍松古木气如虹，尽展繁枝历峥嵘。

亭头遥对桃花面，青山犹卧彩云中。

爆竹吟

年年佳节总排头，卖尽音姿一霎收。

本自惊雷燋烁性，歌功颂德几时休？

咏郑燮画竹

予每见板桥先生之竹，其伟岸峻拔之姿，古雅清新之气盈目；读其诗书，则知画竹有心法、技法之别，心法云"胸无成竹"，技法云"四法七忌八宜"。要须人品高洁，光明磊落，傲骨峻嶒，远绝尘俗耳。吾师乎！吾师乎！

世人画竹少天资，秋水磨穿流复西。

谁道扬州痴绝客，戛然一啸压群鸡。

自省二首

（一）

势力场中日月新，书山坐困竟忘身。

无成一技真堪愧，虚掷人间四十春。

（二）

少年不解时生脚，老去犹嗟命运哀。

大道须弥通万古，空虚骄惰没天才。

晚读《易》

《易经》是群经之首，被誉为中华文化的源头，不可不读。孔子"读《易》，韦编三绝"。

有形缥缈余黄鹤，大道浮沉幻梦中。

不解阴阳吞万物，终身劳瘁也无功。

观《兰亭序》有感

中国书法史上，王羲之《兰亭序》被后世誉为"天下第一行书"。以余观之，右军文章更胜于书法，后世学者徒摹其迹，不知读书养气，提升境界更为重要。性不至洁，境不至高，心不至宁，书法焉能与古人相抗？今人不悟，舍本逐末，不亦惜哉！

右军文比字犹精，千载谁能近户庭？

稚子狂夫徒表相，望天遥隔一河星。

夏日即景

黄口娇莺才长成，入梅时节半阴晴。

分开睡眼儿童问，误认蝉鸣是雨声。

湖滨初夏

溪畔芦芽味极鲜，桃林照影子初圆。

蜻蜓频点含情水，湖面遮羞欲放莲。

无题

赵子昂云："朝学执笔，暮已自夸其能，薄俗可鄙，可鄙。"今有人非但自夸，且傲视前贤，弃笔墨于不讲，以"折腾"为能事，借丹青之名目，谋欺世之利益，比赵子昂所嘲者，有过之而无不及，写此为之立像，亦兼寓自警之意。

新笔才开三两天，狂涂乱抹笑前贤。

丹青只做摇钱树，俗目何曾识自然。

是夜独享清风有作

一弯残月溯空明，夜半车流似水声。

逐利争名天下事，何人共享晓风清？

赏文竹、郑竹感怀

画竹从来谁与敌？文同郑燮气相侔。

问言造化何偏爱，总为人才第一流。

夏日

生机一泄难收取，草木陶然醉绿时。

夜半蛩声新睡觉，令人枕上动秋思。

咏西瓜

皮绿瓤红一颗瓜，汁多味美惹人夸。

舍身造福诚无悔，亮节高风照万家。

大暑雨后作

雷声隐隐晓风凉，入伏频添雨脚忙。

昨日稍停今又至，轻纱冷落似骄阳。

笔诀赞

　　柳公权（778—865），字诚悬，京兆华原（今陕西铜川）人，唐代著名书法家。柳公权的书法有"柳体"之称，唐穆宗尝问其用笔之法，公权答："用笔在心，心正则笔正。"穆宗为之动容。此笔诀被后世誉为"笔谏"。其实，书品即人品，格物致知、诚意正心，乃人品修行之本；文艺一道，须先有其人，然后方有其艺，此理至明。而躬行不易，固研艺之人，当如佛家弟子，应一世修行，方成正果。

　　铁骨铮铮笔谏传，唐朝有个柳公权。

　　名言至理何容易，绝悟躬行一世禅。

深谷幽兰

顽石团圞棘鸟喧，扶疏花叶数丛兰。

山深景好观不尽，别有幽情忘暑寒。

对镜有感

镜里青丝染渐皤，闲中日月易蹉跎。

少年应解临川叹，毋使今生悔恨多。

夏日绝句

楚汉英雄方逐鹿，誉刘斥项哂难消。

八千子弟辞垓下，至死无人肯折腰。

赠友人

挚友李崇明[1]中年得女，托予起名。予自知孤陋，焉有是才，谨奉拙作一首为贺。

早岁辞家千里外，中年得女若醍醐。

寻名琢字呈真爱，老去相扶待孝乌。

注

①李崇明：山东省德州市庆云县人，现住山东省烟台市。

题竹石图

柔枝嫩叶气不凡，倚石娉婷竹两竿。
唯有此君真傲骨，四时青翠拒凋残。

四十述怀

三十人言不学艺，邯郸启步愧蹒跚。
白鸥如箭穿云去，沧海曾盟一片澜。

怀念鲁迅先生二首

（一）

富贵如烟皆泯灭，勒碑刻石亦徒然。
今宵又诵东题曲①，长使人间正气传。

（二）

书虫嗜读鬓毛斑，每览雄文总汗颜。

世上只知东岳美，此公豪气迈于山。

注

——————

①东题曲：鲁迅在日本求学时所作《自题小像》。

中秋寄弟

吾有两弟，一奶同胞，节至中秋，人隔三地，赋成小诗，遥有此寄。

隔居三地逢佳节，满腹愁思费丈量。

幸有青天明月在，婵娟共处是家乡。

学书有感

南宋姜夔《续书谱》云："魏晋书法之高，良由各尽字之真态。""唐人以书判取士，而士大夫字书，类有科举习气。""故唐人下笔，应规入矩，无复魏晋飘逸之气。"其后元、明、清相继，个性泯灭尤甚。清道咸后，金石碑学大兴，字书面目趋同之势始有所逆转，至齐白石、黄宾虹辈出，倡导并实践"金石入画"，遂使个性解放进入书画领域，逐渐形成蔚为壮观之盛局，正所谓"风气既开，不得不尔"。

羲之作字良真态，唐宋应科俗且奴。

近世齐黄称巨手，推开风气绽宏图。

遥寄行一居士

行一居士者，刘步蟾也，余之同乡，书画家，善画人物山水，其佛画极佳。

维摩①伴病待何人？乱坠天花兴味深。

白雪消融呈镜水，与君同照故园心。

注

① 维摩：也称维摩诘，他与释迦牟尼同时代，在佛教中是长于辩才的一位著名人物。维摩曾向释迦牟尼遣来的舍利佛及文殊师利等宣扬大乘教义。

冬晨

萧瑟晨风冷叩门，抛开残月复朝暾。

奋飞鸟雀临窗叫，阃阈无言梦坐温。

蟹足疑

《荀子·劝学》云："蟹六跪而二螯，非蛇鳝之穴无可寄托者，用心躁也。"但平生所见之蟹皆二螯八足。荀子知有未尽乎？后人辗转抄错乎？或蟹确有此种而吾人未得见乎？种种疑惑，有俟乎博物家决之。

水滨举足惯横行，荀子当年数未清。

今日盘中征美味，二螯八跪系天生。

鹦鹉

忍向金笼受折磨，飞翎渐褪毳毛多。

只因一撮馊黄米，婀娜花腔唱赞歌。

拟云林《容膝斋图》并题

周末闲居，拟云林《容膝斋图》一过，并题其上。

不见云林六百年，后生思慕在心田。

陂陀写就饶寒色，梦下三吴泊画船。

颜书赞

颜真卿（708—784），字清臣，京兆万年（今陕西西安）人。唐代中期杰出书法家。苏轼曾云："诗至于杜子美，文至于韩退之，画至于吴道子，书至于颜鲁公，而古今之变，天下之能事尽矣。"（《东坡题跋》）

鲁公书法冠唐人，杰作清雄多细筋。

徒竭世间凡俗力，何尝入木及三分？

山行

山行独向野人家，雪帽蒙橡近水涯。
日暮霜禽纷作色，笛声新破蜡梅花。

红叶

万里霜天一望中，枝头残叶啸西风。
撷来偶忆唐宫事，未及当年啼血红。

咏枣树

何论瘠地与荒沟，偃蹇贫寒不自愁。
秋实①春花②多所献，惠施万众最风流。

注
————————————————

①秋实：秋天结的枣子。
②春花：枣花，枣花蜜的蜜源。

毒品之痛

群魔乱舞流诸恶，此物人间祸最尤。
浴血硝烟方散尽，莫教华夏再蒙羞。

冬日寄庭中花树

脱略繁华亦觉新，迎霜傲雪抖精神。
枝头蓓蕾穿鳞甲，料得明年是好春。

读史有感

有诗友劝吾多读史，有感而作。

诗友劝吾多读史，是非善恶要分清。
奈何烟雨萧条客，怎管人间鹬蚌争？

贫居

陋巷贫居处士家，晨光几缕入门斜。

暖冬未释墙头白，一树寒梅似雪花。

咏梅

或许前生仙界栽，思君频梦上瑶台。

风尘阅尽余清气，满树琼花傲雪开。

观画偶得

画里春秋画外功，此山怎与彼山同。

平生若晓天成意，不掷风光馆阁中。

续联成诗

　　吾邑有一商人，从二十年前开始经营小豆腐生意至今。其人手艺精湛，小豆腐味道独特，闻名遐迩，其家因此技而致富，每年春节均于商店门口贴一副对联，上联：香飘玉液琼浆外；下联：情寄燃萁煮豆中；横批：五谷豆王。吾感其敬业、诚信、笃实、勤劳，因续联成诗，欲为天下诸君树一榜样，人果有志如斯，何患事业不能成就，家境不能富足哉？

香飘玉液琼浆外，情寄燃萁煮豆中。

敬信笃勤逾廿载，人间何事不成功？

题《竹报平安图》

甲午立春后，天降瑞雪，消去冬日霾气，作《竹报平安图》志贺。

临窗兀立碧琅玕，枝叶扶疏耐岁寒。

似觉天涯春信近，故偕瑞雪报平安。

晓行有感

半世尘缘半世空，旧年心意渐朦胧。

潇潇竹外听春雨，人在烟光水色中。

咏《沾化冬枣誉天下图》

刘继红先生，清华大学中国画高研班客座教授，中国花鸟画家，近日来滨州渤海美术馆举办作品展。昨日与之谈以冬枣入画事，先生构思一夜，上午快作《沾化冬枣誉天下图》，笔墨精湛，满纸云烟，令人赞叹，遂乘兴咏之。

瑶池奉馔少殊姿，春日何来果满枝？

笔撷风云生玉颗，九霄传入墨淋漓。

小园杏花二首

（一）

锁向幽园遍地苔，春分三日杏花开。

纵然寂寞人难见，何故闻香蝶未来？

（二）

一树杏花墙内白，东风不解为谁开。

枝头抱著还相问，梦里情郎何日来？

近寒食有作

唐代韩翃《寒食》诗云："春城无处不飞花，寒食东风御柳斜。日暮汉官传蜡烛，轻烟散入五侯家。"今反其意为之。

寒食东风近小楼，蜡灯绝少电灯稠。

飞花斜柳今犹在，唯有轻烟不见侯。

临半千《课徒稿》一帧并题

平湖细草浅沙长，画舸疏林相竞芳。

削去冗繁余简秀，信能到此定倪黄。

白鹭

羽白喙尖腿细长，悠然群立水涯旁。

人来振翮惊飞去，写向青天字一行。

赞梅道人画

　　吴镇（1280—1354），字仲圭，号梅花道人，尝署梅道人。嘉兴（今属浙江）人。元代画家。早年在村塾教书，后从柳天骥研习"天人性命之学"，遂隐居，以卖卜为生。擅画山水、墨竹。

菱歌清唱晚潮生，月到湖心一叶横。

信是苍山经雨润，含烟带露不分明。

咏《归田赋》有感

　　最近俗务繁巨，疏于诗词写作。夜读《归田赋》，打油一首。

四十三年已算高，辛勤酷似小儿曹。

何时再咏《归田赋》，解去忧心案牍劳。

闲居五首

（一）

竹园半亩绿新浓，细雨阶前滴晚风。
莫道村居无好景，榴花一树隔篱红。

（二）

远见桑颠鸡斗争，摇冠振羽作哀鸣。
弹弓一射飞逃去，无复嘲哳扰攘声。

（三）

书楼释卷立衰翁，葵扇轻摇思卧龙。
尚有廓清沧海志，蓬瀛誓向版图逢。

（四）

清平世界起刀丛，大国泱泱若病恫。
三十余年韬晦计，勿教好梦化无踪。

（五）

古籍勘磨辨浊清，能衰群力道才生。
前贤治国遗良策，等下之为放利争。

甲午高考感怀

2014年6月7、8日（农历五月初十、十一日）是全国高考的日子。6月6日天气炎热，傍晚一场雨消去暑气，高考两天凉爽如秋，学子们颇为受益；高考完毕，8日晚又是一场大雨，雷电交加，而考生们已安然归家矣。天亦有情乎？感此，遂有是作。

马年五月爽如秋，两日煎熬硕果留。

一跃龙门雷电激，天空海阔任槃游。

枯树赋

今晨道逢两枯树，枝丫盘曲，苍劲奇绝。时逢盛夏，万木葱茏而独此两树不得生，心甚为之不平。晚间忽觉天生万物，生有生理，枯有枯理，彼生此枯，皆是天理，余何必作忧天之杞人也？当下释然，因有此作。

花树逢春自古同，一般柳绿与桃红。

应当生者全生得，何必忧天作杞公。

荔枝吟

街市上新鲜荔枝到货，味美价廉。时代变迁，当年的"妃子笑"和"名士啖"珍果，今日"飞入寻常百姓家"。感于此，赋如下：

皮猩肉白荔枝新，犹染当年驿路尘。

今日累累街市满，尝鲜何必岭南人？

小女刘玥拙和一首，觉其有可取之处，附录于下

花颜玉貌醉和春，妃子倾心一骑尘。

日啖仙嘉三百颗，何须定是岭南人？

闻蝉有感

时值夏末，忽闻蝉鸣，乃思何其晚也。想年年城里乡下人潮涌动，捕食蝉之幼虫，竟夜不绝，长此以往，恐后世无复闻蝉矣。

伤心灵物遭屠戮，大碗盛来小碗盛。

且惜无辜知了子，后人也欲听蝉声。

落叶

一叶飘飞不忍别，逢秋自古恨无涯。

伤心犹似春江水，到处凄凉送落花。

颓笔颂

　　每日临池，有笔墨纸砚相伴，诚为人间至乐。每有毛笔用颓，搁置一旁，便如老友相别，心甚惜之。今聊为短吟以记。

累土功夫逐日深，进山容易路难寻。

凭君耗尽千锥血，写我精诚一片心。

中秋访友

小径幽长野趣侵，谁敲竹杖碎苔痕。

分明一个陶元亮，独把秋英夕伫门。

赴日照市有感

　　2014年9月6日至7日，余赴山东省日照市，时近中秋，回望故乡邈邈，怅然于中，因有是作。

征尘一路向胶东，蹈海焉能不为雄。

回首苍茫无限意，家山恍在月明中。

题《筼石古槎》

石畔古槎凋已残，慰情唯此碧琅玕。

无人省识前贤意，恼得秋风壁上观。

石榴树

石榴树是谦逊之树、奉献之树、君子之树。

玉蕾初开已夏时，众人都道赏春迟。

累累硕果秋争献，此树更无仰首枝。

题北苑《潇湘图》

董源（？—约962），一作董元，字叔达，钟陵（今江苏南京，一说江西进贤西北）人。五代南唐画家，与李成、范宽并称"北宋三大家"，南唐中主李璟时任北苑副使，故又称"董北苑"。擅画山水，兼工人物、禽兽。

雨入潇湘若许年，谁人酬送楚河边。

秋风芦荻浑不觉，空对江南一片天。

题范宽《溪山行旅图》

范宽，北宋画家，字中立，华原（今陕西铜川）人。性疏野，嗜酒好道。擅画山水，为北宋山水画三大名家之一。

幽嶪椎天一脉悬，清溪溅濑客心牵。
蹉跎旅路行难尽，人老秋山不计年。

秋暮闻鸟有作

萧瑟风中万木黄，休扶残醉看斜阳。
恐惊啾鸟逃尘去，人语何如此韵长。

四十二岁述怀

雕虫小技固难成，十载勘磨路渐明。
料得长行三不已①，迎来雏凤作新声。

注

①三不已：学之不已，书之不已，画之不已。余尝自号曰“三不已斋主人”。

无题

人间三月最清新，万物滋萌倍觉珍。
苑内夭桃堤畔柳，凭栏各占一枝春。

高士二首

（一）

高士焉能人尽知，慰情菊酒两相宜。
山松滴翠邀游去，醉卧云边未足奇。

（二）

远山如魅影空蒙，泊水残阳一道红。
不见多情舟子在，唯余乌鹊晚风中。

送别

禹河潮涌日初寒，郊外别君杨柳残。
满目伤人萧瑟景，高山流水不能弹。

武陵春绝句

武陵春日雨声柔，泛尽双溪舴艋舟。

梦里逢君前致问，千年销得几分愁?

冬至后三日登高有感

寥廓霜天暮转凉，郡亭高处伫斜阳。

浮生万虑俱淘尽，月落平湖沙影长。

元旦前一日有作

四时光景自难同，来是橙黄去翠红。

唯有江波流不尽，旧年疑在水声中。

古树

槎牙枝干太嶙峋，历尽峥嵘余此身。

莫道山巅生得瘦，凌霜恰似古遗民。

自嘲

满怀憧憬忆当初，壮士怎甘人下居？
两鬓萧然何所有？半生事业一床书。

观《蜀素帖》有感

学书须得廿年精，退笔如山老始成。
漫士神凝缣素上，当时人笑误功名。

临半千一帧并作

笔锋婉转信宗家，修竹乔柯染墨华。
钓罢清溪春睡起，渔歌声里一帆斜。

乙未元宵观灯

与民同乐真仙境，粉饰浮夸假太平。
注水繁荣收拾尽，花灯更比去年明。

渔家妇

渔家新妇厌潮生，怅望滩头傍月明。

风信遥回三百里，报知海内万波平。

读史感怀

慷慨悲歌易水前，鱼肠西去两千年。

当时若溅秦王血，今日谁人共一天？

为启功先生辩

　　近来乡间有人讥笑启功先生不懂书法，不是书法家。启功先生诗书画俱佳，可谓一代奇才。其人不知深浅，刚学会胡涂乱抹就敢轻易放言，诋毁前贤，自不量力，可笑，可哀，可憎，可怜。因有是作。

返璞澄怀坚净叟，能诗擅画固多才。

后生小子安知味，信口狂言实可哀。

贺中国祥云画院成立

由中国国际书画艺术研究会发起的中国祥云画院即将成立，北海①老师出任院长，写此，谨志祝贺。

妙写风烟雨雾乡，落茄飞动韵成章。

千秋盛业今能继，共绘云山日月长。

注

①北海：宋玉增，字北海，中国山水画家，北京市人。

清明二首

（一）

也拟悲吟遣腹骚，清明奉祀哭号啕。

山河代有英灵在，未许愁多早二毛。

（二）

欲毁长天一片蓝，欺心昧世不知惭。

赵高秦桧今安在，遗臭寰球作笑谈。

题《万山红遍》

今日至潍坊参观第五届中国画节——荣宝斋近现代名家藏品展，展出的九十余幅精品力作令人叹为观止。其中，李可染先生代表作《万山红遍》倍加引人瞩目，不揣鄙陋，妄拟一首。

激扬豪迈气冲天，领袖当年著锦篇。

解意何妨朱万笏，凭高对此似逢禅。

自嘲

寻常日月指间过，盛世何须滥颂歌。

造物痴情偏眷念，劫波付尽赠蹉跎。

观瀑

苍岩白练映残星，何处仙人谪下庭？

撞石吼声如虎啸，千峰万壑为倾听。

泰山松

始皇敕与大夫封，伫立千年不改容。

处世若非真淡泊，何人滥识此山松？

赠挚友

吾友李崇明，德州庆云人，毕业后留烟台市定居。世路远隔，近来少有联络，不知境况如何，念念。

记得当年共读书，远航定籍海门居。

天涯梦里寻不见，坐觉萧萧鬓发疏。

题《兰竹图》

通天一气是精谈，撮土培花胜所南。

物我并生庄叟意，张图或可出烟岚。

卖瓜翁

白发苍颜田舍翁，长吁释担立街中。
催生谷雨千畴籽，吹熟荷风百日功。
呵护偏逢秧势好，撷来又遇暑蒸融。
满城碧玉无人问，物贱伤农自古同。

清晓芙蓉淀寻花

人言郊有芙蓉淀，亲近红颜忘路遥。
清晓风吹仍脉脉，黄昏雨落故飘飘。
白鳞出水怜花洁，彩蝶寻芳叹蕊娇。
今日暂舒陶令志，何庸世外羡渔樵。

题墨梅图

屏客心斋却俗烦，兴来放笔写梅魂。
勾花点蕊蜂将下，出干添枝鸟欲奔。
雪澡精神冰作骨，金镶蓓蕾玉为根。
蓬瀛仙子无妆色，依旧芳姿动国门。

秋韵一首和诗友

闲云出岫润苍穹，时节临秋爽气丰。

万里登高嗟酒醉，百年惜别话情浓。

金风送菊香盈袖，玉露惊鸦啼满峰。

窗外梧桐传呓语，月宫仙子动凡容。

无题（和李商隐）

近日，有诗友为李商隐《无题》作和诗，也来凑趣一首。

篱外频吹萧瑟风，梧桐叶落故园东。

惊心雁字和云读，沁慧涟纹傍水通。

陌上才辞杨柳绿，梦中又盼杏桃红。

浮生幻渺凭谁语，一日能知笑芥蓬。

送别北海老师

浮槎八月载奇人，独至幽乡徒骇滨。

书法能亲颜子韵，丹青欲夺米家神。

风流云动诚开化，手妙思精信绝伦。

三日晤谈倾款曲，扫除霾雾见清纯。

和《红楼梦》中诗

欲寻好景出篱门，日暮湖光调彩盆。

黄叶临阶飘怨影，青天离雁诉幽魂。

闻蝉有意传心曲，对菊无言洒泪痕。

收起当年家国志，豪情暂伴月将昏。

再赏云林画有感

周末两日，醉在云林画中，因步其《容膝斋》诗韵奉和。

老叶疏枝未著花，山川何故染霜华。

临溪茅屋寒姿瘦，隔岸陂陀倒影斜。

莽莽逸怀蛟出穴，悠悠清韵雾笼纱。

人间不见云林子，劲节高情举世夸。

无题

独上高楼觉日移，江山寥廓不胜悲。

庄周梦蝶空挥泪，宋玉伤秋枉蹙眉。

雨湿新炊无暇问，风摇故国有深思。

人生难得知音赏，梁父吟成可对谁？

和李下蹊^①兄

李下蹊兄为我作诗一首，奉和如下：

生如蓬芥怅飘零，泽畔吟回醉眼惺。

半世无名逢偃蹇，一朝得友别伶仃。

山东画去痕犹绿，河北诗来目更青。

红袖持觞知我意，且于席上荐荤腥。

注

①李下蹊：本名李现考，笔名李下蹊，河北省邯郸市人。

附李下蹊原韵

初结诗缘藉键屏，同声同气两惺惺。

萧疏远市风云树，秀逸亲溪茅草亭。

与子神交如水淡，贻吾画作写山青。

爱而一日当三顾，对此能祛世味腥。

春运

游子思归心内焦，关山阻隔路途遥。

迎新辞旧流春水，往北来南涌客潮。

前夜犹闻他处语，今朝已步故乡桥。

交通便利方圆梦，举国同欢醉此宵。

读《一画一禅偈》并赠行一居士

昨日得行一居士（刘步蟾）新书《一画一禅偈》，拜读后觉语玄画妙，佛理精微，因有是作。

久处虚无烦恼地，生平未解幻非真。

偈文涤荡胸中秽，笔墨弘扬化外神。

意蕴慈悲精佛理，心含澄澈绝凡尘。

此番顿悟偕师去，虽隔天涯犹比邻。

癸巳岁杪感赋

天寒日暮冷侵门，敛去韶光迫岁根。

头上觉艰滋华发，梦中知味黯芳魂。

书斋幸有诗盈箧，画阁虽无酒溢樽。

且唤仙人王子晋，同来咏月醉黄昏。

甲午春节二首

（一）

春联换罢贴窗花，喜气洋洋亲到家。

欢聚频倾缸面酒，笑谈漫啜雨前茶。

情长尽漏人难寐，席仄更盘菜屡加。
福寿康宁今足乐，桃源何必圣贤夸。

（二）

佳节迎春催爆竹，神州无处不东风。
天高地迥三星旺，海晏河清五谷丰。
互报平安情洽洽，更期康健意融融。
今朝欣奏辞贫曲，明日欢呼庆大同。

咏水仙

灯花落尽未成眠，仙子凌波到目前。
纤影踟蹰依魄赏，馨香馥郁赖魂传。
袭人清气应偏爱，惊世高风值可怜。
欲对芳心倾款曲，恨无月下彩丝连。

元宵节

天上重逢月一轮，出门俱是看灯人。
街前火树霓光灿，锅里汤圆香味醇。

袅袅烟花开富贵，翩翩舞队赛精神。

而今过节民为主，放眼神州遍地春。

九九消冬录九首

（一）

坤转乾浮一九临，生机渐被露华侵。

阶前才泣苍梧影，泽畔新伤紫竹林。

懒对夭梅吹玉笛，暗将底事付瑶琴。

夜长漏尽无人问，明月焉知处士心？

（二）

陶令归来三径荒，庭中犹见柳丝长。

阳春白雪大人赋，玉簟金炉君子堂。

流韵千年皆醉客，浮生一梦尽黄粱。

当轩也拟培松竹，青翠时时悦古皇。

（三）

笔含清气墨添香，大字擘窠书两行。

去岁楷通欧勃海，今年草近米襄阳。

练功须受三冬苦，学艺方赢半寸长。

但使生涯多快意，何妨镜发渐滋霜。

（四）

乐游原上连天草，曾见当年车马行。

月傍星偎云有泪，水流花谢雁无声。

空余落日千条树，漫障飞沙百里城。

伫立黄昏谁奏曲？凄风冷雨送悲鸣。

（五）

节逢五九近元春，寒褪不消往日贫。

难得红颜眸泼媚，更无玉液酒沾唇。

拥衾唯枕一帘梦，行路还兼满目尘。

故国风光尝旖旎，忍吞霾雾黯伤神。

（六）

遥闻南国风波炫，才了残冬日便熏。

汕尾先除麻素患，虎门再饬石榴裙。

精神易被糖衣染，富贵多因欲火焚。

白雪红梅常比洁，自然胸际肃妖氛。

（七）

一树红梅妆艳姿，春来独对雪澌澌。

池塘冰破鱼嬉水，杨柳丝摇鹊踏枝。
曲径寻幽诗叟去，古经索隐蜡灯移。
旧年暗将新年换，只是无忘送别时。

（八）

生涯落拓镜中显，两鬓萧疏滋白毛。
对月伤春非病酒，掩灯废卷实悲骚。
有情南圃攒花树，无赖东风捉柳绦。
高卧画堂人睡去，漫天烟雨似醇醪。

（九）

不慕前贤不慕神，胸怀坦荡即高人。
荷锄戴月耕南亩，举酒空樽飨北邻。
荒陌花开饶浪漫，清池鸭戏足天真。
有生尽得闲中趣，无悔长为击壤民。

晴雯

补裘撕扇勇晴雯，一个冰清玉洁人。
香殒泪抛公子恨，魂飘血溅世家尘。
涅槃浴火来新凤，寤寐惊涛出故麟。
昔日曹公知变幻，红楼歌罢不留呻。

春日书所见

细草平芜柳岸风，晴光薄媚小桥东。

穿花蝴蝶双双艳，拂地蔷薇点点红。

水诧凝烟生幻梦，莺怜流韵萃商宫。

更闻吾党二三子，浴罢咏归山色中。

咏雨（兼和诗友）

甘洒柔情下碧空，追莺逐燕趁东风。

时时水面抛金线，隐隐花间启玉穹。

菡萏凝珠红映榭，葡萄堕露绿添栊。

双溪舴艋今犹荡，只是无缘听苦衷。

附莫雨涵^①诗友原玉

琼花飞舞醉长空，松白寒山响朔风。

玉带萦回舒广袖，银箫婉转入苍穹。

烟霞弥漫妆西陌，冰魄晶莹裹北栊。

梅绽诗情吟妩媚，墨涂画意赋情衷。

注

①莫雨涵：本名王霏，笔名莫雨涵，现住陕西省西安市鄠邑区。

五月初三日郊游未见荷花有作

仲夏风来小麦黄，单车十里访荷塘。

穿云白鹭声悠远，跃水红鳞体健强。

舒卷浮沉青弄影，纵横上下碧飞觞。

烟波日暮堪鸣笛，不见宓妃韵转凉。

秋日

弥天爽气入高楼，人世相逢几度秋。

淮上桓公知别苦，泽边屈子怅离忧。

花颜欲老红尘去，绮梦将空碧水流。

偕隐江湖无限意，为君买下木兰舟。

卵石颂

排空浊浪出江门，棱角全无鉴石痕。

明月作精云作魄，金刚为骨铁为魂。

胸兼海内当驰足，志在天涯岂恋根。

纵使前驱扬粉土，也留罡梦训儿孙。

今年农家喜事多

九州才见露华浓，白雪飘飞又盛冬。
自古人情因泄泄，由来风物故溶溶。
迎新爆竹三时响，送喜花车两处逢。
快趁农闲忙好事，佳期无过数声钟。

乙未元宵节有作

佳节欣逢暖气催，律重惊蛰又闻雷。
喜看煦日花千树，笑饮金宵酒一杯。
阆苑绿归池上草，瀛洲红谢岭头梅。
如膏细雨真能润，农事明朝到北陲。

春日

敛去轻寒拂煦柔，凝妆颙望独登楼。
临风摇曳千枝笑，映日奔腾一水流。
壁短篱疏花自发，莺娇觜细韵才呕。
晴光淑气堪图画，对此佳人不再愁。

郊游记事

书斋坐隐不知春，驹隙风光槛外新。

万顷碧波鸥上下，一团岚气雪逡巡。

小鱼漫啄浮萍碎，老圃聊删余蘖匀。

赐我嘉言胜美酒，相逢必是有缘人。

咏龚贤

深恶江山易鼎时，才情因向纸边遗。

门前菊饮陶潜酒，月下霜逢杜甫诗。

老笔一支歌漫漫，颓园半亩草离离。

先生开辟文章大，为冠江东实小之。

初夏漫兴

小楼初霁爱清晨，远眺环堤柳色新。

孤月流金春梦短，丛梧染翠鸟声频。

寄游天地浮槎客，了悟风尘漉酒邻。

忍见殷红和雨坠，泪多偏拟滥情人。

和诗二首

依韵和潇潇思无邪①诗友，诗友原玉恕不详录。

（一）

自古英雄亦畏雷，使君未免运时颓。

心虚韬晦园中菜，齿冷醪空掌上杯。

逝水曾经鲜血染，流光常被铁蹄催。

三分已作云烟事，把酒青梅祭劫灰。

（二）

听风卷雨是心宁，泼墨书蕉近五更。

淡淡出云明月放，迢迢接地灿河横。

悟空泡影三千灭，怜子浮屠一念生。

恣意弄情能几度，大音古道作希声。

注

①潇潇思无邪：本名徐宏亮，笔名潇潇思无邪，现住北京市海淀区。

词

菩萨蛮·寻春

余生不惑，未尝填词，今偶一为之。

乍开新绿羞明月，荼蘼花事随风歇。
无计觅芳踪，路迢愁更浓。
草香堪醉蝶，水涨蛙声悦。
楼上枉凝眸，隔帘烟雨收。

浣溪沙·分葡萄

架上葡萄玛瑙红，可怜昨夜雨兼风。晨看落叶已成丛。
漫道栽培凭地力，岂知收获赖天工。分他数串飨邻翁。

踏莎行·七夕

云卷斜晖，寒鸦绕树。回眸不见尘寰路。

当时忒羡锦屏人，如今空有颜如故。

泪染衣襟，蹒跚踬步。年年会此伤心处。

与君彻夜诉幽情，明朝又被银河误。

临江仙·秋雨初霁

昨夜梦惊闻雨疾，西风吹落梧桐。

侵晨独步小园中。菊花依旧好，秋意十分浓。

世上几回闲若许。由来行色匆匆。

破开云角日初东。残荷垂倒影，仿佛醉颜红。

江城梅花引·秋诉

斜晖脉脉独登楼。恨逢秋，正逢秋。

满树叶黄，寥落怎禁愁？

天也有情伤过客，雁声断，一行行，清泪流。

泪流，泪流，总难收。志未酬，思壮游。

道阻且长，雨又迫，何处停舟？憔悴谁怜，忍对紫骅骝。

空念着嫦娥寂寞，临碧海，唤吴刚，一醉休。

浣溪沙·村居

几树梧桐映落晖，欢呼溪畔燕徘徊。飨君盛馔趁鱼肥。

踏遍青山逢此地，邀来明月尽余杯。直须留醉不须归。

鹊桥仙·记梦

暮春天气，飘潇风雨，瞰破翠楼朱户。

伤心帘外乱莺啼，又怎禁、残红无数？

素笺漫寄，征郎去处，曾识鹊桥归路？

年来长恨水流东，波影碎、衷情谁诉？

虞美人·苍天寂寞霜如注

苍天寂寞霜如注，夜色凉如许。

匏樽欲醉解千愁，多少英雄家国恨悠悠。

长风破浪东流去，日月无穷数。

满怀幽恨几人知？也拟中流放舸荐新诗。

忆江南·黄河入海口三首

（一）

多少次，陶醉在其中。

水碧天蓝丹鹤舞，沙澄滩白彩霞红。

秋日最情浓。

（二）

风景好，须记是黄河。

宛转银洲枫似火，颠连苍浪鸟如梭。

嬉水黑天鹅。

（三）

中华美，多彩九州天。

万里黄河临海口，百年盛世到跟前。

飞马更加鞭。

渔家傲·咏李清照

易安居士虽为闺秀，但其诗词不乏磊落痛快处，有"女汉子"气，因颂之。

奸佞当权家国误，望中烽火扬州路。

南渡朝廷无砥柱。偏安处，笙歌漫诩金瓯固。

壮士衔仇争破虏，深闺犹有冲霄怒。

梦里悲吟思项羽。何人助？王孙新娶江东妇。

青玉案·旅中寄怀

夜来风雨梅花了，绕阶乱，无人扫。

客路方知春讯早。黄莺初语，晨曦才曜，

陌上归青草。

佳期频误卿休恼，自古情多聚偏少。

欲寄相思筝慢调。但忧明月，如聆歌啸，

应妒偕君老。

西江月·胜友如云在座

胜友如云在座，佳期似梦还惊。

望湘楼上送歌声，天外银河初静。

才钓鲈鱼堪脍，相知心曲频倾。

人生聚散总缘情，难得芙蕖本性。

清平乐·寻春

漫随风雨,问取春归处。

枝上黄鹂难告语,唯见残红坠露。

苦寻欲下东湖,先凭鱼雁传书。

还嘱乡关明月,夜深来照空庐。

破阵子·鹰

家住巅峰绝顶,举头啄破苍穹。

展翅扶摇千万里,足底巡回四季风。

穿云无数重。

目疾浑如闪电,雷霆劈下长空。

猎兔歼狐容易事,狡兽难逃利爪中。

天教我为雄。

永遇乐·落花吟

琥珀云轻,玲珑月淡,又值春暮。

气霁寒融,堤长柳碧,尽日生飞絮。

庭前陌外，香销玉坠，寂寞落红无数。

更时闻，翩跹啼鸟，啁啾漫随风雨。

缤纷佳日，多情眉眼，蝶念蜂怜莺妒。

转瞬娇容，如烟似梦，竟别枝头去。

纵相如到，千金重赋，难得流年回顾。

断魂处，愁丝恨缕，向谁暗诉？

摊破浣溪沙·暮春

昨夜重楼听雨残，晓来春色已阑珊。

花落枝头空萧瑟，不能看。

自古繁华天拾去，至今憔悴梦存怜。

叶底鸟声时断续，对谁言？

浣溪沙·悼海春

杨柳温情浸夕晖，春风又绿旧江陂。心舟一叶待谁回？

逐逝波头鸥上下，追思笛里月徘徊。梦中时见故人来。

浣溪沙·柳

金缕婆娑晓梦残，质坚品洁若幽兰。烟波堤外笼轻寒。

盘错虬枝生浅绿，消磨龟脊渥深丹。乱风吹絮覆危栏。

鹧鸪天·兰

一缕清光瓦釜收，才高声远过曹刘。①

当年屈子深深爱，后世文郎②款款求。

梅欲侣，竹来俦，如今幽辟饫寒游。

等闲耐得尘中寂，异日馨香满九州！

注

①兰之德名过于三国时期的英雄曹操和刘备。

②文郎：泛指文人。

浣溪沙·端午节

节至端阳百物新，野居岂是等闲人？郊游父老已成群。

玉盏倾醅提壮志，金龙焕彩斗江村。冲天鼓角远相闻。

浣溪沙·仲夏即景

夜雨凄迷春早归，晓闻窗外响轻雷。麦黄时节杏儿肥。
出土蟾蜍分绿水，离巢莺燕伫斜晖。含烟带露是蔷薇。

临江仙·京华旧梦

世事从来春梦旧，相逢醉意阑珊。京华遥忆是陈圆①。
将军关②上怒，都道为红颜。
自古多情防短气，英雄迷路堪怜。偎红依翠只贪欢。
一朝臣虏后，度日恍如年。

注

①陈圆：陈圆圆，吴中名优，明末清初"秦淮八艳"之一。
②关：山海关。

浣溪沙·秋晨

薄幕空垂宿雨残，秋来天气已初寒。描花指上惜流年。
娴静恰如明月夜，清纯浑似艳阳天。蛾眉微敛到人前。

沁园春·中秋

华夏悠悠，露冷清秋，百卉尽残。

看胡天八月，一原白草；

大河两岸，万树红烟。

荷芰难寻，菊兰香远，落木萧萧执手寒。

长亭外，正送君把酒，醉意阑珊。

人间事少团圆。

恨别泪、由来频靧颜。

纵月明如水，柔情缱绻；

花娇若梦，蜜语缠绵。

聚散无常，阴晴未定，憔悴其间何忍怜。

姮娥老，自东坡去后，谁赋婵娟？

临江仙·渔歌行

夜泊秋江渔唱晚，枝头明月方升。小舟漫系影伶仃。

一讴雾雪咏，来对玉壶冰。

谁道红尘知己少，遥怜司马衫青。曲终人散纵如萍。

流年蜂蝶在，春色满芳庭。

浣溪沙·赠北海老师

近日，北海老师应邀去法国办画展。归来后，数度与余通话长谈，每次皆在一小时之上。老师对我的教诲和期许，没齿难忘。作此词奉赠云尔。

万里云山出太行，仙家谁著锦衣裳？烂柯归后话斜阳。

铁砚磨穿千冢笔，蒲团坐忘一炉香。传承国粹有担当。

虞美人·雪中梅

雪中初绽冰绡蕊，月下南枝醉。

仙姿绰约立庭前，皓齿明眸笑靥向流年。

休言世上芳菲早，容易和春老。

只今憔悴梦相随，两鬓青丝霜染泪空垂。

雪梅香·梦故人

怕闻雨，浮生憔悴对东风。

忆青春时节，与君学校相逢。

和气初升翠衫薄，乱飙纷作墨云浓。

劫过处，浊水横流，柳折三重。

愁容。堕清泪，涕眄徘徊，紧蹙眉弓。

扶正残枝，结绳创痛弥封。

豆蔻年华倏然去，相思湮灭五行中。

魂安在，纵惹情思，梦与谁同？

临江仙·雪

婀娜风前怜瘦影，归思万缕难平。心弦脉脉与谁倾？

楚山沦落地，一片玉壶冰。

清白原来天设计，玲珑纯粹堪惊。乾坤大道本澄明。

持操常雅洁，浩气自流行。

浣溪沙·迎春

点点寒星映绮窗，卧闻横笛韵悠扬。小楼梦觉忆沧桑。

化尽凌丝春有力，缀弯树杪月无香。此情怎道是寻常？

点绛唇·惜春

晓雨新晴，扶堤杨柳开眉眼。燕儿初返，掠水歌嘹乱。

画阁遥闻，瀚海琼花绚。韶光浅。薄裳才换，恁又春将半。

渔歌子·春情三首

（一）

长忆君家潦水东，天涯寻遍慰情浓。

杨柳绿，杏桃红，人间今日又春风。

（二）

为有相思日闭门，梨花开尽染啼痕。

抚白石，对黄昏，蜂喧蝶舞更愁人。

（三）

高树忽闻乳鸟鸣，欲将岑寂付新朋。

花溅泪，月吞声，春光易老似怜卿。

少年游·槐花

群芳已谢雨霏霏，竟发万千枝。

娇颜欺雪，馨香邀醉，佳影入清池。

从来无意争节候，却是惹相思。

坐守流年，溯风追月，相识在儿时。

浣溪沙·夏行桥上遇雨

日暮疏林起白烟，举头冰火两重天。狂风骤雨落人前。

迎面相偕撑纸伞，过桥独自倚栏杆。恍如前世遇婵娟。

浣溪沙·踏雪寻梅和潇潇思无邪

忍触风芒路影斜，隔溪遥对野人家。一杯浊酒入篱赊。

玉琢粉妆三二朵，蜂飞蝶舞万千葩。梅颜雪色共无邪。

附潇潇思无邪诗友原玉

浣溪沙·踏雪寻梅

玉蝶扶风野径斜，宽袍窄袖访仙家。几番真态醉边赊。

粉萼琼枝娱倩影，雅情高格问奇葩。离尘割俗已无邪。

无邪调[①]·渔唱荷听

风漫漫，水悠悠。夕阳晚归一叶舟，渔歌分外柔。

红菡萏，立潮头。自怜冷香为侣愁，曲终清泪流。

注

————————————————

①无邪调：潇潇思无邪自创的曲牌名。

新体诗 / 第二辑

给兄弟

无声无息走远了
路摇头叹息
兄弟
一行又轻又浅的脚印
是你伴我同行吗

眼前飘过你的身影
亲亲热热那声召唤
魂牵梦萦
多少次震撼心灵
多少次闪烁湿润的目光

真想走回旷野
最后看一眼相思树和红豆
哪怕风寒露重
兄弟呀

看雪的人

守护

那片洁白

落英的王国很璀璨

雪沾溅你头

沾溅你眉

沾溅你衣

淋漓似霰

看雪的人立成

风景

天地渐远渐宽

世界漂白

太阳缄默

看雪的人记起

遥远的相思

心恋

你不必哭

也不必笑

更不能呼唤我的名字

星光渐没

晨风已起

我正踏上远去的路

不曾回头瞻望

你最后的泪痕

耳畔有雄鸡的高啼

并有狗的狂吠

眼前是不周之山

我走

脚步声踩着阳光

在一个没有月色的晚上

突然发现

心还在原地未动

躯壳便颓然倾倒

任碧血萌芽

于是重新渴望

那个美丽的孤独

乡思

常常伫步

看溶溶月色

挂上柳梢头

静静地就一个人

就一个人咀嚼

苦涩的梦

蜜月

倾一抔流水

流过远远故园

往往带来

几声呼唤

几分怅然

常常泪水

沾满衣袖

折射浓浓的情绪

远远前方远远的游子

就这样在人生中行走

几回温暖

几多悲凉

直到心田托起

那枚落叶

才肯默默地增加

一圈年轮

无题二首

（一）

月亮斜织一张

缜密的网

不时网起

一片惶惑的鳞光

亿万斯年

不见鱼儿流泪

为什么人类的哭声

却很响很响

（二）

离弦的箭

太阳的火焰

奋飞的鹰

春天的蓓蕾

都已交付过去

心灵的介壳

层层隔绝

向上的欲望

灵魂曾几度解体

跨着骏马

驰骋身外

那嘚嘚的马蹄声

是我

美丽的错误

太阳

为无数思念牵引
你从东方升起
模糊的地平线上
从此绽放光芒

为标注青春的呓语
你洒脱地成长
让一面爱的旗帜
在大地上飘扬

为渴求真理的眼睛
你高高照亮
倾注无比的热情
去点燃他们的信仰

为满腔柔情的女子
你轻轻歌唱
载着快乐的心灵

在爱河里徜徉

总是等到潮汐迭至
你才悠然落下
却让月亮继起
另一帧相思

九十年代

瞭望你时

你离得很远

端详你时

你近在眼前

伸手摸摸你的胡子

你的确是个老人

老人也要年轻

请不必说破

时代已经苍老

世界需要安慰

给远方

几度追寻

那双美丽的眼睛

夜女神的眸子里

蓄满清纯的涟漪

为使我心有深深寄托

便天天思念

采撷殷红的玫瑰

一半放入手中

一半铺在脚下

从此静静守望

望夜空最亮一颗星

跳过去吧

哪怕溺死

动荡之后复归平静

先知告诉你

身边那座坟墓

苔痕斑驳

藏着很多心事

忘记

忘记

那团迷茫的晨雾

心灵的罾网　突破

作旭日潇洒升起

尽情挥洒

洒长江流水银河波涛

月光无垠照你情怀

忘记

那片荒凉的沙地

残存的记忆　复活

捡起理想的贝壳

时时遥望

望人生之旅虚无之旅

南来大雁隽美的阵容

忘记

那枚惆怅的枫叶

受伤的双翼　张开

奋进的弧线在空中

飞虹溅落

落黄山松瀑泰山崖石

寂寞天边最后一颗星辰

别进强①

有一个美丽的故事

诉说美丽的忧伤

心灵深处建起一座小屋很偏僻很荒凉

自从远离红尘嘈杂

远离人声的喧闹轻狂

小屋的疏篱旁便开满

孤寂淡泊的馨香

渐渐地不甘生活乏味

渐渐地向往蓝天

向往困难中成长

仁慈的上帝造了一只七彩船

带上小屋的主人飞向恒星飞向月亮

采撷伟大的光明迎接无上的辉煌

无数次碰壁无数次闪烁怀疑的目光

天空太大了宇宙太大了

再剽悍的雄鹰也飞不到不设目标的地方

于是长吸一口气

你终于明白

人生的真谛在于寻找一块落脚石

此时你却骤然衰老

将眼泪洒在那久难弥合的创口上

注 ————————

①进强：于进强，山东省潍坊市寒亭区人。

归乡吧

从来是天涯路尽头

就一个人走

从来是茕茕孤月

伴你前行

淡淡星辉照耀这夜之冷眼

啊，归乡吧

不再踟蹰

看那浓浓的乡情

合着泪雨纷飞

归乡吧

让爱浸满你心灵

让一道电光化作霓虹飞来

在桥上

立成永恒的影子

暮春情绪

流连花海

与落日清风一起徘徊

悠长悠长的小径

牵着远寺的钟声

扣响诗魂久掩的柴扉

诗的季节流光溢彩

桃花如面

青山如黛

绵绵柳絮化作飞舞的相思

跌进遥远遥远的记忆

追寻那个叫人柔肠寸断的故事

几度轮回

惊鸿照影

深深埋进时光的尘埃

空留下

滴血的余晖

抚慰寂寞的山川

还有无际的心湖

几滴眼泪惹起的

丝丝涟漪

时间简史

一年一年的日子

就这么溜走

心中的岩火

渐渐冷却

凝成了石头和尘土

那个人用泪水

在上面滴下辛酸和苦涩

心隐隐作痛

积蓄全部力量

迸出一棵嫩芽儿

把所有恨

所有爱

所有悲伤和无奈

结一朵洁白的花

花瓣上刻着那人的名字

花蕊里散发着清香

在清香中一遍遍呼唤那名字

期待那个人出现

直到

天——荒——地——老

给你

见着你时

心会怦怦地跳

见不着你时

心就灼灼地痛

假如你我的感觉一样

我愿化作一条手帕

在寂寞的夜晚

吻一吻你红肿的眼睛

哦，不

手帕上的泪痕会干

怎能留住那无尽的缱绻

还是让我变成你的心跳

或者呼吸吧

这样我们就能彼此相伴

永不分离

直到生命的终点

外一篇

气球

S局秘书小梁，上班快一年了。

去年他还是一名应届大学毕业生。四年青春，一朝方过，才知道学难成业难觅。为联系工作，家在农村的父母焦急万分，新添了许多白发。谁知机缘巧合，小梁参加当地公务员招考，考试过关，被S局录用了。佳讯传来，家人大喜过望。上班前一天晚上，父亲在家里弄了两样小菜，爷儿俩喝着家乡的特产酒，唠起了家常。父亲千叮万嘱，让他到单位努力干好本职工作，和领导同事搞好关系，给父母争气。

小梁的确争气。上班后，他踏踏实实做人，勤勤恳恳做事，领导和同事都对他称赞有加。

年轻人就是年轻人，浑身有使不完的劲儿，青春的魅力写在脸上。

那天上午，小梁从外面办完事回到三楼秘书室，推门见屋里没有人，办事员老李和司机小关不知干什么去了。小梁朝自己的座位走去，头被一根彩线轻轻碰了一下。他抬眼一看，呀，好漂亮的气球！电视正在热播动画片《喜羊羊和灰太狼》，那只气球，分明就是"喜羊羊"：它调皮地瞪着眼睛，手和脚微微颤动，一根彩线飘在半空中，头紧贴在天花板上——如果没有天花板，它也许就要腾空而去。

年轻人总是充满了好奇心，他抓住系着气球的彩线，把它拽到跟前细细地赏玩。

"小梁！"正看得出神，忽然听见楼下有人喊，小梁赶忙打开窗子探出头去，原来是小关。

小关朝他扮个鬼脸，让他把落在办公桌上的那串钥匙扔下来。

小梁忙起身去拿钥匙，脚不小心给椅子腿儿绊了一下。他身体失去平衡，下意识地伸手去扶窗台，牵在手里的气球被甩出了窗外。那只气球一来到窗外，就转个圈，被一阵风带到半空里去了。小梁探身做了个抓的动作，没有抓到，眼睁睁地看它在半空里变成个小黑点儿，然后消失得无影无踪。

"呀！钱局长买的气球！"小关在下面惊呼。

小梁心一沉，马上变得忐忑不安，脑子一片空白。他下意识地当空把钥匙丢下去，差点砸在小关的鼻梁上。

小关大概说了声谢谢，他没有听清，只是砰地把窗子带上了。

干吗要玩那只气球！小梁懊恼地想。钱局长的小孙子快两周岁了，白白胖胖，跟局长好像一个模子刻出来的。局长五十多岁了，每回下班，都要抱着孙子出来溜一圈，路上对着孙子的脸蛋亲了又亲，笑声里仿佛粘了蜜糖。局长买了这只气球，大概是想下班带给孙子的吧？可他为什么要把气球放在秘书室呢？在小梁的记忆中，局长很少到秘书室来……

干吗要玩那只气球！小梁不停地埋怨自己。但他又一想，也许是小关没正形儿，又拿别人开玩笑吧。哼，这臭小子，要不是他，气球也不会飞出去的。可一刻钟前那只气球明明飘在屋子里呀，总不至于无缘无故地自己跑进来吧？

也许是办事员老李的。想到这里，小梁绷紧的神经松弛下来。对啦，老李不是天天抱怨有个外孙女住在他家里吗？老李老伴没有工作，在家吃闲饭，女儿听说也跟丈夫离了婚，住在娘家，一时又找不到工作，只好待在家里。老李本来脾气就不好，不爱笑，自打女儿带着孩子搬回家后，更是跟笑作了永诀，就是在单位，话里话外也全都带着刺。若是他买的气球，倒也没什么。因为自从上班后，自己没少帮老李干业务，好给他腾出时间买米买面，照顾家庭。老李不止一次地夸奖自己，并且许诺要给自己介绍个对象。也许，这气球就是老李买的，肯定的！老李的外孙女也蛮讨人喜欢的，圆圆的脸蛋，大大的眼睛，浅浅的酒窝……

正想着，老李推门进来。

"老李，对不起，你的气球，让我，我……"

老李的一双大眼睛好像要从眼眶里掉出来。"什么？气球！那可是钱局长吩咐小关放这里的。你弄哪儿去了？"

"真是局长的？难道不是你买的吗？"小梁哀求地望着老李，似乎只要老李承认是他的，就会马上过去给他一个拥抱。

"我买的？老子哪有闲钱！"老李斩钉截铁地否认，朝小梁当头泼了一瓢凉水。

"老李，是我不小心……弄丢了。你先不要让其他人知道这件事，一件这么小的事，有什么好大惊小怪的，对不对？你经常出去买东西，在哪儿能买到一模一样的？"

"小梁啊，你不要着急，让我想一下，让我想一下……"老李摸着他的秃脑壳。

"嗯，想起来了，昨天在酒仙居对面的小卖店里见过的，那小店旁边是个卖菜的小摊子，我每天都在那儿买菜。"老李话里带了几分得意。

现在离下班还有半个多小时，时间很充裕。小梁飞奔到楼下，借了辆自行车就朝酒仙居骑去。

　　往常到酒仙居喝酒，是一件令人头疼的事情，局里每天来来往往的客人实在太多，仅招待一项就把人忙得筋疲力尽。酒仙居的蔡老板是钱局长的老同学，所以但凡Ｓ局的接待事宜一般都安排在那里。往常小梁总是嫌酒仙居离得太近，一上车就到；今天，才觉得酒仙居其实离得挺远的。到了酒仙居对面，他的额头上已沁出一层亮晶晶的汗珠。

　　酒仙居对面，果然有一爿小卖店，店里花花绿绿地摆着些好看的儿童玩具。

　　"请问，您这儿卖'喜羊羊'气球吗？"小梁低声客气地问道，仿佛出气大了会把一切充气的东西都吹到九霄云外去似的。

　　"对不起，一小时前就卖光了。不过，这儿还有别的气球，你要不要？"女店员微笑着向他介绍。

　　"不，就要'喜羊羊'的。您知道哪儿还有卖的吗？"小梁恳求道。

　　那个女店员微笑着对他摇了摇头。

　　小梁漫无目的地穿过好几条街道，问过好几家儿童玩具店，结果全没有"喜羊羊"气球。小梁想：反正都是气球，何必非要"喜羊羊"呢？随便买一只吧。但这念头只一闪，就像川剧表演大师耍的变脸一样倏地变过去了。既然局长给他孙子买的是"喜羊羊"气球，那肯定大有用意的，钱局长有点信那个……听老李说，过去盖办公楼时，局长就曾请人来看过风水……要是买别的，不中他的意，那简直……

想着，小梁又踅回了酒仙居对面那爿小店，女店员脸上又挂上了微笑。

"请问，'喜羊羊'气球什么时候才到货？"小梁满脸无奈地问。

"这可说不准，要等剩下的这些气球差不多都卖完了才能提货。"女店员有点儿不耐烦地望着他。

"好吧，我明天再过来。"小梁垂头丧气地说。

下班时间早过了。小梁难过得午饭都没吃。

下午上班，小关和老李都朝他吐舌头。

"局长来过吗？"小梁忐忑不安地问。

"来过。"俩人异口同声地回答。

"问气球了吗？"

"问了。"

"你们怎么说的？"

小关瞅了瞅老李，老李瞅了瞅小关。

"实话实说呗。"

"局长怎么说的？"小梁感到有一只蚂蚁爬到了脊背上。

"局长只是笑了笑，什么也没有说。"

沉默包含一切。小梁不知道局长什么也没有说意味着什么。想想上班前一天晚上父亲语重心长的那番话，还有父母新添的白发。就业多么困难，有几个大学同学至今还在家里待业呢……

"小梁啊，其实没什么。年轻人谁不犯错，改了就好嘛。"老李一脸不屑，仿佛犯错误只是年轻人的专利，跟老年人永不沾边儿似的。

小梁心咯噔一跳：局长虽然什么也没有说，可心里已经发火了。要不老李怎么这样说？看来得赶快去向局长道歉。

可光道歉顶什么用，没有实际行动是不成的，至少应该拿着新买的"喜羊羊"气球，送到局长面前，然后再诚心诚意地向他道歉……怎么才能弄到"喜羊羊"气球呢？小关这小子或许有办法，他可是个鬼灵精。再说，要不是因为他，气球怎么会丢呢？

三十分钟后，小梁再次站在酒仙居对面那爿小卖店门口了。

"你把所有的气球都拿过来！我全要！"小梁眼睛里冒着火。

也许是有点激动，女店员声音颤抖地说："还有三十七只，你，你是说全部都要吗？"

"对！全部都要！我再预订一个，对，预订一个'喜羊羊'的。你们什么时候能进货？"

"明天上午吧。"女店员诧异而又肯定地回答。

付完账，拿起一捆气球，小梁转身就要离开，肩膀上不知被谁拍了一下。

"梁秘书，买这么多气球送谁呀？给女朋友吗？难道是幼儿园阿姨吗？哈哈。"一副大眼镜后面，酒仙居蔡老板眯着眼。

"没……"小梁脸一直红到脖子下面。

"看，让我瞧破了吧，还不承认？"蔡老板哈哈直笑。小梁尴尬地站在那儿，满头冒汗。蔡老板把脸凑上去，压低声音说："小梁兄弟，老钱马上就要内退了，以后老哥这边的生意，还请你多多关照……"

"难道钱局长……真的？这消息确切吗？"小梁感到十分意外。

"今天上午已经谈完话了，就等明天新局长一上任通告就下了。这个，局里没几个人知道。上午老钱到我这里坐了坐，我这才知道。不瞒你说，他要我下午赶紧结清所有的饭费呢。时候不早了，我得马上赶过去，要不要搭我的车？"

"不了。我还有事。"

望着蔡老板肥胖的身躯钻进轿车里飞驰而去，过了很久，小梁才缓过神来。

　　他原想把气球带回宿舍的，不知什么原因，却把手里的绳一松，那三十七只气球如同一群放飞的鸽子，争先恐后地腾空而起，它们彼此相互摩擦着，碰撞着，在天空中不停地跳跃着，旋转着，向远方飘去……

　　女店员跑出来，生气地问他："你这是干什么？！你订的那只'喜羊羊'气球还要不要啦？"

　　"不要啦！"

　　说这话时，车已骑出好远了。

作于 2010 年 1 月

跋

人生在世，有太多的难以割舍，有人捧着酒杯不撒手，有人攥着金钱不松手，有人占着地位不罢手……而我却将自己难以割舍的东西诉诸文字，也算另类的"从众行为"吧。

过去从没想过要出一本书，尤其在当今知识"大爆炸"的时代——图书馆里琳琅满目的书籍，电脑上的海量信息，以及手机微信里花样繁多的"同步读"——已经够多的了，而且许多经典著作如"崔颢题诗在上头"般永恒地存在着，即使耗尽一个人一生的精力，恐怕也难以把它们读完。起初我心存疑虑，自己这本小书如同涓滴尘埃，真的有必要出版吗？

然而，还是"难以割舍"四个字作祟，使我排除干扰，最终决心将它们结集出版，也算一种自我安慰吧。我没有别的奢求，只希望读过它的人过了很久还能多少留点印象，这就是对我最高的奖赏。

　　本书的出版跟朋友们的关心支持分不开，特别是编辑老师花费了不少心血，提供了许多真诚的帮助；北海老师更在百忙之中题写书名为本书增色，在此，谨致以最衷心的感谢！

作者

2019年5月19日